작은 발

권지현

시인의 말

오래 걸었으나
제자리걸음만 하고 있는 것은 아닌지,
먼 곳을 바라보고 싶었으나
발등만 보고 있는 것은 아닌지,
두려운 날도 있었다.

문득, 뒤돌아보니 많은 곳을 지나왔다.

이쯤에서 잠시 쉬었다 가면
내가 가야 할 길이 좀 더 선명해지겠다.

2019년 10월
권지현

작은 발

차례

1부 우주를 쪼개다

2부 마술사의 입

3부 연고 한 통 같은 말

4부 그가 듣고 있다

해설

1부

우주를 쪼개다

물봉선

반은 물에 발 담근 물봉선
반은 흙에 발 담근 물봉선

물 젖은 발로 흙 묻은 발로,
산정을 향해 오르고 있다

피닉스

선인장 꼭대기에 새 두 마리,
부리 맞대고 앉아 있기에 사진 찍어두었다

한참 후에 그 중 하나는
새와 꼭 닮은 선인장 열매였음을 안다

해를 향해 날아간 새들
한꺼번에 노을로 돌아와 앉던 그때

숨 고르던 선인장 열매가
새의 형상 빌려 새를 불러들인다

부리에 부리를 대는 붉은 새,
선인장 꼭대기에 새 두 마리 앉아 있다

냉동실

아파트가 비좁던 때도 있었다
갓난아기는 친정으로 보내고
신랑은 지방으로 내려가고
텅텅, 빈 냉동실 칸에 누워
발이 시려 잠들지 못하는 밤이 있다

꼬물꼬물 기어와 척,
문 열어젖히며 품을 파고들던 아기
주말을 함께 지내고 헤어지는 차 유리창에
단풍잎 손을 찍어놓고 흔들어댄다

영양제를 사러 동네 약국에 들른다
왜 두 개를 사세요? 약사가 묻기에
주말부부라서요, 말끝을 흐리니
젊어 고생해야 나중에 편하지요
요즘 그런 부부 많습니다, 위로하는데

음식을 하기에는 한 입이라 흥이 나지 않고

하하하, 웃을 흥흥흥, 말 주고받을
야야야, 불러볼 사람 없이 바스락댄다
산세베리아 화분 위로 흩뿌리는 얼음 비늘에
손이 시리다 초원의 부신 봄 햇발인가 싶어
동면에 든 팔 뻗다 헛짚는 얼음벽,

영하 19℃ 쾌속냉동실 안쪽 스위치를 내리고
산세베리아 언 가지가 떨어지듯 몸을 눕힌다

플래시,

대영박물관 이집트 전시실
한끝에 멈춰선 그림자 몇이
빛을 터트리며 나신들을 깨운다 플래시,

닫힌 눈꺼풀 속 홍옥수紅玉髓로 맺힌 불길
범람한 강이 밀어올린 부토처럼 굳은
여자의 금간 얼굴과 손가락 마디가
일순 선명해진다 번뜩,
아마포로 가린 골반 언저리
휑한 구멍이 드러난다

사막 토탄산 아래 제물로 흘러든 맨몸
모래 밑에서 자연 건조된 노예는
유리관 안에 태아처럼 한껏 웅크려 있다
두 팔로 가린 머리 올을 훑는 조명등이
수천 년 해체에 저항한 어깨와 허릿골로
흘러내린다 벗겨진 가면에 그려진
아몬드형 눈자위 속으로

말라붙은 피톨들이 두드려대는 심장 박동

오그라든 여자의 발톱과
노예의 웅크린 어깨에 플래시, 플래시,

한 떼의 먼지가 쉬파리처럼 인다

검정 핸드벨

잔바람 이는 날
작은 아이는
더 작은 아이를 업고
들판으로 나갔다

때마침
업힌 아이 생일이어서
더 오래 업어주고
더 가볍게
더 멀리
바람 따라
달린다 했지
뱀딸기 먹는
일곱 살은
다시 오지 않을 거야
업은 아이는
업힌 아이를
포대기에서 풀었다

아이들은 왜 바람 부는 쪽으로 달릴까

한바탕 먼지를 일으키며
군용트럭이 비포장도로를 지나갔다

머리가 아파
검정 핸드벨 소리

바람을 업은
아이 혼자
집으로
돌아갈 때까지
검정 핸드벨 소리 흩날렸다

송곳니 자국

초저녁 골목 귀퉁이에서 걸음이 꺾인다
거기 송곳니를 드러낸 개가
끝장을 보자고 공중에 뜬 철망 흔들어댄다
이웃집 개들도 덩달아 컹컹 짖어대고

철망을 긁는 앞발톱이
두 걸음 밖에 선 얼굴을 할퀸다
아니야 나는 아니야, 손사래 치는 나를
송곳니에 허벅지를 물린 나를
어금니에 이미 납작해진 나를
철망 안의 개는 놓치지 않겠다는 듯 패대기친다

흩어지는 정신을, 으스러지는
몸을 모아 한 걸음 두 걸음 다가선다
송곳니가 번쩍, 이마 앞에서 찍힐 때
아무렇지 않은 접시꽃도 이 나간 접시처럼 번쩍였
던가

악다구니로 덤벼드는 소리는
제 몸이 상하도록 몸부림친다
컹컹컹컹, 송곳니 자국을 공중에 찍어댄다
녹슨 철망을 갈기갈기 찢어내고 컹컹컹컹,
소리가 허공을 물어뜯으며 달려간다

괜찮아 나는 괜찮아, 손 흔들고 가는 나는
송곳니에 허벅지를 물리지 않은 나는
어금니에 눌려 납작해지지 않은 나는
등 뒤로 달려드는 소리보다 천천히 걸어간다

먼 곳으로 개 짖는 소리 돌아간다

강물 위로 떠오르다

여자가 밤새 숨 몰아쉰다 창밖
단풍나무가 손 흔드는 산부인과 203호실,
태아 심박 감시장치는 쉴 새 없이
심장 박동 그래프를 긋고 있다

푸른 동맥혈처럼 콜로라도 강이 흐르는 그랜드캐니
언 협곡
　구경하는 사람들 발밑 멀리, 까마귀들이 느린 비행
중이다
　기우뚱, 몸을 고쳐 잡으며 누군가 말한다
　떨어져 죽은 사람을 파먹어 여기 까마귀는 크다고

아기가 엄마를 닮았네요
출산이 가까워지자 의사는 말했다
여자 몸이란 껍질이란다 아가야
여자는 아득한 협곡에 몸을 던지듯
외마디 비명도 없이 호흡을 놓친다
온몸을 휘감는 검은 물풀들,

여자가 급류에 쓸려나간다

여자 입술에 물을 적셔주니
흰 가운들 손에 불쑥 돋는 힘줄,
수문이 왈칵 열린다
탯줄로 이어진 아기는 응애애애,
푸른 단풍잎 손으로 허공을 쥔다

여자가 숨을 트며 강물 위로 떠오른다

우주를 쪼개다

노랗게 여문 늙은 호박이
거실 귀퉁이에 놓여 있다

소한 대한 추위 다 보낸 어느 저녁,
호박죽을 쑤려고
굳은 껍질에 힘주어 칼을 댄다

탱탱하고 부드러운 속살이
노릇노릇 익어 있겠지?
바닥 쪽까지 좌악 쪼갠다

흙빛 거름으로 썩은 안쪽,
호박씨 새순이 하얗게 모여 있다
반투명의 애벌레 한 마리가
새순 두어 개를 흔들며
귀퉁이에서 기어 나온다

제 몸 착실히 썩혀

새순 덤불 이루고 벌레 키워
호박은 자가동력장치를 운행 중이었을까?

불시착한 우주를 한칼에 가르고 보니
겨울밤도 폭신폭신 쪼개진다

모른다고 하였다

우루무치행 비행기가 연착되었다
북경공항 로비에서 삼백삼십 명의 여행자들은
여섯 시간째 발이 묶여 삼삼오오 몰려다녔다
현지 여행객들은 아무렇지도 않은 듯
여행 가방에 다리를 올리고 앉아
떠들어대거나 서로 담배를 권했다
담배를 피워 올리건 말건
나는 도시락으로 식사를 했다

비행기는 언제 올지 오지 않을지
아무도 모른다고 하였다
연착한다는 안내표시등 한 줄 뜨지 않았다
사람들은 연신 줄담배를 피우고
나는 로비를 몇 바퀴나 돌고
하릴없이 아이스크림을 핥다가
마침내는 쪼그리고 앉아 지루하게 졸았다
항의하는 나를 마주한 공항 여직원 가슴께 걸린
얼굴 사진이 흐릿하게 지워져 있어

내가 가야 할 길마저 희미해 보였다

비행기는 오지 않고
결리는 허리뼈를 아주 잊을 때까지 오지 않고
우루무치행 비행기는 언제 올지
아무도 모른다고 하였다

느티나무 따라왔네

우리는 주말부부,
두 주 만에 올라온 남편과 장 보러 간다
길가에 씨앗 내놓은 종묘상 앞에 앉아
적상추 청상추 쑥갓 달랑무, 얼갈이배추
예닐곱 종도 넘게 주워 담는다
그 많은 걸 다 심을 셈이야?

딸애 맡아 기르는 장모님 드리겠다고
시골 텃밭에서 틈틈이 키운 풋것들을
남편은 몇 아름이나 싣고 와 풀어놓는다
적상추 청상추 쑥갓 달랑무, 얼갈이배추
친정엄마와 돌 지난 딸애까지 둘러앉아
채소장사 해도 되겠다며 다듬는데
아기가 척, 집어올린 풀포기 하나
어, 느티나무가 다 딸려왔네?
풋것들 속에 숨어들어 몰래 뿌리내렸을
작고 여린 느티나무를 화분에 심는다

무성한 가지 밑에 평상 짜고 앉아
저녁거리 채소 다듬는 어깨에
초록 그늘 일렁이는,
느티나무 아래를 꿈꾼 적 있다

양말

짝을 맞춰 개고 나면 꼭
짝 없는 양말이 한두 짝은 나온다
그때마다 나는 현관 옆 맨 아래 서랍에
한 짝만 남은 양말을 넣어두고는 했다
언젠가 침대 밑이나 장롱 구석 같은 곳에서
제 짝에 맞는 양말이 나올 거라 생각하면서

빨래를 갠다 짝 맞춰 양말 정리를 하고 나니
또 한 짝만 남은 양말이 둘이다
혹시나 하고 현관 옆 맨 아래 서랍 열어보니
다행히 한 짝은 짝을 찾아 한 켤레가 되었다
모조리 꺼낸 짝 양말을 다시 넣으려다 세어보니
열여덟도 스물도 아닌 열아홉 짝,

한겨울에 신던 수면양말도 한 짝만 남았고
딸애가 좋아하던 딸기양말도 한 짝만 남았다
짝 양말을 잘라 인형옷을 만든 적 있고
짝 양말을 잘라 기름 닦을 때 쓴 적도 있지만

양말은 양말로 신을 때 양말답다는 생각,

장갑은 왼손 오른손에 맞는 짝이 있지만
양말은 왼발 오른발을 구별하지 않는다
왼 양말이었다가 오른 양말이 되고
오른 양말이었다가 왼 양말이 된다
짝이 맞지 않지만 색이 비슷하다 싶으면
급할 땐 급한 대로 짝짝이 양말이 되는데

짝 없는 양말들을 이제는 그만
버려야겠다고 마음먹다가 현관 옆 맨 아래 서랍에
다시 집어넣는다 세상의 모든 짝은 짝이 있으므로
한 짝이 다른 한 짝을 기다리는 시간 속으로

검정 생콩

돌잔치 하러 할머니댁 간다

씻기고 새 옷 입혀 시골집에 닿으니
아기가 씨익, 웃는다
시댁 식구들이 모인 자리
한가운데 앉히니 다리 쭉 펴고 일어선다

시끌벅적한 하루 지나고
한가로운 하루 더 지난다

아장아장 몇 걸음 걸을 때마다
뿡뿡, 방귀를 껴대는 아기
방에 눕히고 기저귀를 내린다

연갈색 단추 한 개
검정 생콩이 여섯 개

어느 틈에 이걸 다 주워 삼켰을까

단추와 생콩 만지며 가슴 쓸어내린다

거름 되라고, 싹을 틔워 보라고
생콩똥을 마당 귀퉁이
산수유나무 발치에 묻는다

생글생글 웃는 아기를 안고
콩콩, 생콩똥 묻은 흙을 다져본다

줄지어 흘러내리다

눈물 줄기 한번 열리면 하염없는
아주 어린 내가 갸웃 기대선 줄 알았는데
화장실 거울에 물이 맺힌다
줄지어 흘러내린다

관리실에 상황을 알린 저녁,
위층 남자가 찾아와 수리를 약속하고 올라간다
거울 위로 직선 하강하는
물줄기
물줄기
물줄기

스미고 모여 강물 한 줄기,
바다로 뛰어들기 전에 잠시
자갈돌에 나앉아 몸을 말린 적 있어
모래를 가라앉힌 강처럼
물결 미용실에서 부푼 머리칼을 다듬었지
묵례하는 주민들에게 강물은

은회색 코트를 여미며 묵묵부답
바다 목전에서 울컥, 흐르는 몸을
튜브처럼 밀어 보내

바닥을 수리했다는 위층 남자가
빵 상자를 놓고 간 뒤에 답례로
블루베리 상자를 위층으로 올려보내고 내려온다
눈에 도는 눈물이면 방에 들이고
번지는 강물이면 바다까지 닿아보련만

화장실 거울로 줄지어 흘러내리는 물,
조금씩 잦아든다

도피안사 금개구리

철원평야 쓸어올린 화개산 자락
도피안사到彼岸寺 철불상 모신 대적광전 계단 아래
삼층석탑 기단 틈새로 들어간 금개구리,
가을마다 달포쯤 무리지어 머문다
간혹 문고리 밀듯 길 아래 내다본다

금개구리들은 탑 안쪽에 기대어 축축한 몸을 말아
쉬거나
멀리 돌아눕는지 그도 아니면 젖은 눈을 다만 깜빡
이는지
기단 돌 틈에서 물빛 반짝, 물러선다

느티나무에서 막 쏟아져 내린 이파리들이 우르르,
마당가로 몰려간다 피안으로 떠나가도 도피일 수 있
다고
붉고 노란 잎들은 또 우르르, 탑신으로 자리 옮긴다

금개구리 손바닥이 찍혀 있는 나뭇잎 한 장,

절 마당을 나서는 사람들 물끄러미 배웅한다

2부

마술사의 입

철대문

담쟁이덩굴이 촘촘 엉킨 철대문이다
담장 아래쪽에서 뻗어오른 담쟁이는
왼쪽 대문을 지나
오른쪽 대문 바깥으로 나아간다
바람이 철걸쇠를 풀어보려다 손목을 푼다
안개가 유령처럼 내려앉는다
철대문이 비린 안개를 받아먹는다
그 집 벽에 걸린 달력·시계·사진은
한 시절 곱씹느라
떠난 주인을 뒤늦게 알아차릴 것이다
시간을 내려놓은 철대문 앞으로
안개는 줄곧 얼음길을 깔아놓는다
간혹, 더듬으며
철대문 앞에 당도하는 이가 있으나
담 안쪽 넘겨다보기도 전에
미끄러지듯 서둘러 그 앞을 떠난다
안개로 채운 집 한 채,
겨울 담쟁이가 철필 꾹 눌러 대문 여며준다

돌과 돌 사이 흐름으로 멈춘 얼음계곡 저편
안개 속 무심결에 숨 쉬는 철대문

호암산 호압사

숲 입구에 길이 나 있다

마음이 먼저 찔레꽃 계단을 올라
상수리 숲에 가 닿곤 하던 길,
잎 떨군 적막마저 황홀히 낳기 위해
전전반측하는 낮과 밤을 들쳐업는다

이맘때면 청록빛 한층 또렷해지는
전나무 숲으로, 그 절벽 끝으로
막다른 바위에 오백 년 붙박인
느티의 주름 아래 서성이고 싶다
그늘 아래 내려놓는 사람의 얼굴
너울 몰아오는가 싶더니
실바람에 눈 감고 머리 묻는다

호압사까지 올라오는 이들은 죄다
약사전 약사여래상 앞에 손 모은다
동쪽 산마루 등진 호암산 호압사,

경내 굽어보는 소나무들이
서녘으로 가지 기울여간다
천수천족 금빛 햇발에 경배 올린다
해를 향해 뻗어간 이 바람 끝이라면
아픈 데 없이 한달음에 저 아래
도시로 내려가 밀린 잠에 들겠다

번지는 어스름에 개밥바라기 떠오른다
오래전 호랑이도 제압했다는 호압사,
약사여래상 발치에서 손 모은다

땀 전문가

에어컨 대신 내어놓은
대형 선풍기가 후덥지근한 바람을 돌린다
서늘한 음악을 끌고 나온 검은 정장은
황금을 낳는 마술사라고 자신을 소개한다
스테인리스 링이 저글링, 저글링 공중을 넘고
붉은 천은 지팡이, 비둘기로 깃을 치는데
들어올린 종이봉투에서 술병 술병,
술병들이 튀어나온다

흔들린 눈을 다시 흔드는 스피드,
자명한 것들만 놓아주는 손끝 위에서
중단 없이 술병이 복제된다
두 눈 깜박여 보는 관객들

몇 번인가 그는 박수를 청한다
무대 위로 아이를 불러 올려
사탕을 줬다 뺏고, 줬다
빼앗으며 마음을 당긴다

색색의 손수건이 줄줄이 딸려 나오는
익살 가득한 마술사의 입,
그의 이마에서 땀이 떨어져 내린다
입에서 뽑아낸 마지막 수건을 한 손에 들고
다른 손으론 객석으로 가는 아이에게
사탕을 건넨다

능청스러운 클로징 멘트로 시선 돌리며
그가 흘러내리는 땀을 숨긴다

작은 발

지하철 통로 쪽에서 할머니 음성이 건너왔다
애기 엄마! 저기, 자리 났으니 가서 앉아요
목례하고 빈자리로 걸어가 앉고 보니
애기 엄마! 소리가 귀에 울려
가만, 만삭의 배에 손을 올린다

꽃 모빌을 올려다보며 누워 지내던 아기
어느 날 훌쩍, 몸 뒤집는다
겨우겨우 몸을 흔들며 발뒤꿈치
바닥에 내려서기까지 또 한참 걸린다

시누이가 택배로 보내온 보행기
긴가민가 무심히 앉혀본다
우주선 타고 달나라에 도착한 첫걸음처럼
이 행성에 와 내딛는 최초의 몇 걸음,
펄쩍 놀라 팔다리 팔랑댄다
흠집 없는 복숭앗빛이네?
위험한 소행성처럼 모기장이며 베개에 부딪힌다

흔들리는 모빌 쪽으로 나아가는 작은 발

가만,
나는 무중력의 걸음이 빠져나간 배를 만져본다

지도박물관

지도박물관 중앙홀에서
세 살배기 아이가 쉬를 싸고 운다
떼쓰는 소리를 안아 올려 화장실에 다녀오니
외할머니가 바닥을 말끔히 닦고 있다
홀의 사람들이 지도를 본다

지도 시뮬레이션을 다섯 살 아이에게 빼앗기고
획획 눈을 스치던 지구,
지구에 박힌 도시, 그 불빛 속에 그어진
그물 같은 길을 한정 없이 따라 걸으려던 아이는
미련이 남았는지 손을 잡아당긴다

연중무휴로 개방되는 지도박물관
고산자 동상 쪽으로
흙담 뚫고 나온 풀포기들이 자란다
소나무에 덩굴 감은 칡꽃이 달려간다
오만 분의 일 축척 지도 밖으로 내달리는
세 살배기 말랑말랑한 걸음이 줄곧 되돌아온다

길이 되려다 지도가 된 고산자
발치에서 아이가 덩굴손을 잡아당긴다

길 위에 선 사람들이 흩어진다

벤자민

벤자민은 손이 많다는 생각,
벤자민엔 천수千手 엄마가 살아
아기 손 같은 새 잎은 맞잡아 종종 걸리고 싶지

총총 함박눈 내리는 겨울밤
베란다에 내놓은 벤자민이 얼어 죽었다
연두 펜촉을 쉼 없이 밀어올리던 과묵한 그녀가
죽을 둥 살 둥 안간힘 쓰지 않았다니
밑동에 곁가지 하나 내밀지 않았다니
공중을 움켜잡은 손 우수수 내리고
뒤꿈치 들어올렸을 뿌리,
그만 공중의 마음길 소슬하여
급히 들여놓다 거실 문짝에 줄기가 찍힌다
지잉 아려오는 손끝
스르르
굴러와 발 앞에 멈추는 지구본 공,
실크로드나 안데스 산맥 아마존 강 유역도
그녀의 태생은 아닐 것이다

히말라야 설산엔 발 디딘 적도 없겠지
강가나 숲 도로변에서도 본 적 없는
그 손 너무 가까워
한번 찬찬히 잡아보지 못했는데

거실 한편에서 배웅만 하던
손 많은 그녀가
물기 몰아 뿌리 쪽으로 내려선다

목화

강변 십 리 하굿길엔
여름풀 지천, 초록빛 살갑게 흔들렸다
금빛 강물 유난히 반짝이기 시작하면
목화밭은 한 겹씩 희어졌다

그맘때마다 엄마는 이불 홑청 뜯어내고
솜을 새로 틀어 오셨다 풀 먹인 홑청에
홍두깨질해 꿰맨 연두 솜이불은
바스락 파고든 언 몸을 살갑게 받았다

두꺼운 솜이불 어디 없을까,
입동 무렵 혼잣말로 물어오는 이가 있다

지하의 하데스에게 돌아가는 페르세포네에게
겨울 이불 한 채 들려 보내는 데메테르처럼
오래전 덮던 연두 솜이불 끄집어 내린다
파고들어 그 안에 누워본다
사그락 홑청 더듬는다

이불 무게에 꼭 맞는 겨울은 다 흘러나간 것일까
필경 나는 갑각류처럼 추위를 타지 않게 되었다

부족을 잃다

패각 닫으며 분출되는 물줄기가 한 걸음이다
농구선수 키보다 큰 보폭으로
가리비는 하룻밤 새
오백 미터까지 훌쩍 옮겨간다

성마르게 건너뛰기 하다
부족跗足을 잃은 비단가리비처럼
하도 서두른 탓에
나 한발 한발 걸어
너에게로 가는 행법을 잊었다

모래 속을 파고들어도
패각 속에 몸을 동여도
돌아갈 시간마저 잊은 건 아니어서
펄쩍,
펄쩍펄쩍, 숨 가쁘게 뛰어
너에게로 오는 길

우리의 간격 마침맞게
맞닿으려고 그만
그렇게나 힘차게 물을 밀어 당신,
지나쳐 버렸거나
그렇게나 힘차게 물을 뛰어 우리,
캄캄히 멀어졌으니

나에게 발이 있었던가
너에게 집은 있었는지

천천히
다시
패각에 묶인 몸이 어두워진다
천천히 걸어
천천히
너를 향해 걸어
걸어 돌아가고 싶어서

신도시 개발 구역

입춘 햇살이 마른 가랑잎 밟고
노는 산밭에 든다
산능선 쯤에서 원시를 내려놓는다

오피스와 아파트가 밀려들 산밭 원두막 평상 위에
는
농기구 손잡이에 흙손가락을 탁본하는 솔잎 수북
하다
이장을 마친 봉분 자리 움푹 파헤쳐졌다
잡나무를 가슴팍에 마구 키워 올린 봉분도
팻말 꽂은 채 떠날 채비를 마쳤다

산새 서넛 날아오른 자리,
대파가 헛기침 쿵쿵 깨어난다
베어낸 배추 밑동을 밀치고 올라온
연두 속잎은 아침 햇살 공양 중이다
자디잔 돌기를 빼곡히 키워낸 갓을
힘주어 뽑아올리니 몸부림치며

박히는 눈들,
손가락이 따끔거린다

해토 무렵 뿌리 속에 물이 도는지
문득 신발 밑창이 간지럽다

발자국을 찍으며 포클레인이 올라온다

한 달 고양이

지하 주차장 출구 쪽에서
울음소리 들려왔지

어미 고양이가 새끼 셋을 낳아
둘만 데리고 떠났대
태어난 지 한 달 된
검정 고양이 혼자 남겨졌다고
초롱이라고 이름 지었다고
초롱이에겐 아무도 없다고, 우는
아이 뒤를 따라가 보았어

슬리퍼 끌지 마, 조심조심
소리 죽여 걷는데
지상에서 지하로
지하에서 지상으로 오르고
내리는 끼익, 자동차 소리
출입차 알림벨 소리

가만 다가갔을 뿐인데

한달음에 내 발등에 올라탄 어린것은

발목이며 손가락을 핥더니

냅다 출구 쪽으로 달려나갔어

왜 그러지, 우리가 어리둥절하는데

지상으로 올라가는 도로 한가운데

척, 등 대고 길게 누워 배를 보여 주었어

배가 하얬어, 세상 어린것들은 어쩌면

살아남으려고 귀여운지

다시금 달려와 발등 핥으며 올려다보는데

등뼈 울음

설날 아침,
고아낸 곰탕 국물에 떡국을 끓여 내었다
식구들이 빙 둘러앉아 덕담 나누며
수저를 들었다 무심히 첫술 삼키는데
덜컥 목구멍을 찌르는 무엇,

묵은지 쌈 싸서 삼켜 보라는
말을 뒤로하고 응급실로 달려갔다
하고많은 날 중에
새해 첫 아침 첫술이 목에 걸리다니
잠입한 뼛조각이여,
참은 속울음
여기 부려놓았는가

처가댁으로 설 쉬러 간
의사가 호출을 받고 왔다
엑스레이 속 '큰 뼈'로
목에 상처가 남을 수 있다는데

입을 크게 벌려요, 떨어지는 구름
움직이지 말아요, 박히는 바람
튀는 햇살, 뒤로 가서 숨어요
내 울음 이런 것은 아닌데

제 살과 뼈를 싣고 갈 트럭 앞에
한사코 접질려 앉은 황소 눈알에서 후득
살 떨며 흐르는 눈물,
실은 등뼈가 우는 거네
등뼈 속울음이 살까지 번진 거네
울음 굳어가네

흐느끼는 속살이 뱉어낸
뼛조각 하나
물컹 젖어 있다

허공 식탁

거실을 엿보는 나리꽃대
흔들림을 당겨 거미는
방충망에 줄을 잇는다

안쪽 부드러운 웅성거림에
움츠려 견디던 때 있었지
끈적이는 거미줄을 퉁겨내는
날것의 몸부림이 둘둘 말려 내걸린다

나비 벌 하루살이로 차려내는 허공 만찬,
지그재그 줄무늬 위에 떠 있는 거미여
괜찮은가, 먹고 살 만한 가계인가

늦가을 햇발이 마당가를 서둘러 벗어날 때
밥 한 그릇, 고등어 한 토막, 파김치 한 접시
아욱국으로 시린 시장기를 덮는다

종일 동분서주한 긴 다리로

포만을 이루었으니 저녁 거미여
고단한 등을 그만 눕혀도 좋을 시각,

허공 식탁에 걸린 끼니가 이따금 흔들린다

시간의 역에서

오래전 이곳 삼패마을엔 조개더미가 많았다고,
산山만 한 조개무덤 세 기가 있었다고,
강가 마을 아이들 몇이 모여 소곤대었지요
그 순간,
귓속으로 파도 한 채 쏟아졌습니다
삽시간에 마을은 소금기 깔린
바닷가 마을의 미래가 되었습니다

어느덧 기찻길 언덕으로 새 이름 단
전철역이 생겨나 사람들이 떠나고 돌아옵니다
이 마을 이름이 본디 마산馬山이었는데 행차 때
 깃발 드는 패에 동원하느라 삼패三牌가 되었다는
것도
 화석을 캐듯 우연히 알게 되었지요
 그 순간,
 지축을 울리며 달려오는 말발굽 소리
 산 너머로 말 한 무리 소소리바람으로 달려나갔
습니다

이제 아무도 삼패마을에서 조개더미를 떠올리진
않겠지요
　　하지만 오래전 나는 그곳에
　　작은 바닷가 마을 하나 남겨두고 떠나왔어요
　　해녀들이 조가비를 마당가에 부리면
　　뒤란엔 은빛 껍데기들 무더기로 쌓이고
　　저물녘 집집이 조개탕이 끓어오르는

　　마산이 삼패로 흘러나간 시간의 역에서
　　새로이 말 한 무리 달려오는군요
　　때론 조가비 같은 조각돌 굴러내리는
　　발굽 요란한 전철을 타고서

단정한 침묵

창가에 그녀 누워 있다

유리창에 하늘이 떠 있다 구름 떠 있다
그 아래 치병의 도시 엎드려 있다

오랜만이야, 인사도 없이
헬륨풍선 놓치듯 손을 놓치는 손

우리 사이로 무엇이 지나갔을 것
기억에 새기지 못하고 그저 흘러나갔을 것

유리창에 구름, 그 아래
단정한 침묵
창가에 그녀 누워 있다

3부

연고 한 통 같은 말

해쑥

아파트 뒤편 비탈에
봄볕이 오종종 모여 있다
쑥이 파릇파릇 올라와 있다

저녁엔 쑥국을 끓여볼까?
두 돌 된 아이를 데리고
쑥을 봐 두었던 곳으로 간다

엄마, 쑥 아야 해
엄마, 쑥 아야 해

한 움큼 쥐고 있던 쑥을 놓고
아이 손을 가만 잡아본다

나이테 탁자

초록 대문을 밀치니 머리채 늘어뜨린
붉은 덩굴장미가 마당 내려다본다

상형문 액자가 걸린 거실 벽 아래엔
나이테 둘둘 감은 앉은뱅이 탁자가
무거운 몸을 비스듬히 누이고 있다
나무 밑둥 나이테는 깊었다
보랏빛 물양초를 가슴께 띄워놓고
소곤소곤 낯익은 소리를 흔들며 새기고 있다
두 팔을 나이테 돌아나간 회오리 위에 올리고
야생잎차를 마셔도 졸음은 밀려왔다

삐걱, 소리를 비집고 그는 돌아왔다
몇백 년을 조용조용 건너온 걸까?
일어나 앉으려 했지만 눈은 뜨이지 않아
이불을 덮어주고 그는 문을 닫는다
내처 잠들려 했을 때 시간은
멀찍 비껴 선다

손으로 훑던 오톨도톨 나이테를 긁는다
나무 귀를 당겨본다
머리올처럼 가느다란 라디오 볼륨을 따라
방바닥을 미끄러지며 튀는 귀뚜라미 귀뚜라미,
까마득한 밤을 따라
수액 흐르던 길을 기억하는지
훤해진 창을 새소리 두들겨대고
탁자에 엎드린 이마에 닿은 나이테,
서늘한 입맞춤이 몸속 구불구불 길을 뻗었다

유리벽지의 집

그 집 현관문 들어서니
새소리 왁자한 거실 한쪽
진홍 칸나가 나풀거린다
방문 앞에는 '암호를 대시오'
비뚤비뚤 쓴 방문패가 걸려 있다

암호도 대지 않은 채 서둘러
가계약을 마치고 집주인이 되었다
가파른 산허리 잡목림 우듬지에 세 든
까치집 세 동이 새사람을 맞아주었다
초면인 은사시나무와 안면을 트고
상수리나무에게는 동네 산책길을 묻기도 했다
새들의 알람에 맞춰 길 나선 아침은
저물녘에 서향 별 서넛 주워 돌아왔다
침대에 눕힌 만삭의 배에
보름달이 스윽 얼굴 디밀기도 하는,
유리벽지의 집은 암호를 대지 않아도 좋았다

땅콩처럼 부푸는 태아가 줄기를 당길 때마다
달의 행로를 따라가는 초음파 사진에는
지구별 주소를 받아 적는 손가락과
구부린 등뼈가 세밀화로 찍혀 나왔다

칸나 꽃길이 난 유리벽지에서
암호처럼 아기가 기어 온다

서내 西川

면서기 한다꼬 울 어매가 혼인시켰지러
한쪽 귀가 물에 젖었다꼬 군 면제돼가
그 면서기질도 얼매 몬했다 마
그래,
시조 선산 품고 들어온 신접 살림이었지러
어쩌다 아랫 마실 내려가자카모
게처럼 떠듬떠듬 산비탈 기어가드키 내려갔지러
나무뿌리 들어내고 돌을 파낼 적에
갇힌 방 안을 돌며 아는 울어싸코
그단새 서내 정수릴 마카 빗어 내렸지러
대춘 갓난 아 주먹만코 마늘은 그보담 컸데이
너그 아부지 장날 대추 마늘 팔러 가 읍는 날이면
갓난 너그 싸안고 산짐승 소리 맡에 두고 잠들었다
카이
산짐승 날짐승이 마당께서 어른댔지러
사다놓은 강아질 귀신같이 수리가 낚아채 갔으이까
그때 농산물 품평대회서 받아온 둥근 밥상 안 있나
밥상다리 쪽에 새긴 상장 글귀 읽으며

72

아침저녁 상다릴 접었다 폈다 카며 이적지 너그들
이 자라준 기고
모인 흙돈 들고 서내서 내려왔다 안 카나
참,
서내 살 때가 웅글었지

경북 봉화군 소천면 서천리, 노부모 앞세우고 딸
애 남편과 함께 마흔 넘어 서내 닿아 본다

어처구니

민속촌으로 아이들과 함께 현장학습을 왔습니다

해설자가 맷돌 손잡이를 들어 보이며 이름이 '어처구니'라고 말해주었습니다 맷돌에서 믹서기의 거리만큼이나 잡히지 않는 시간이 아이들 앞에 놓여 있었지요 아이들은 어처구니를 잡고 맷돌을 한 바퀴씩 돌렸습니다 그 중엔 잽싸게 서너 바퀴씩 돌리는 아이도 있었습니다

관아 앞마당으로 아이들이 옮겨 갔습니다

주리 트는 의자와 곤장 치는 틀이 놓여 있었지요 한 아이가 함박웃음 짓더니 큰대자로 틀 위에 엎드려 누웠습니다 누가 시키지 않아도 아이들은 곤장 치는 시늉을 차례대로 하더군요 잠깐 사이, 한 아이가 쥔 곤장에 힘이 들어갔나 봅니다 맞은 아인 아프다고 울고 곤장 친 아인 아프게 치지 않았다고 울상인데요 윗돌 아랫돌이 하나로 부드럽게 돌아가자면 어처구니가 꼭 필요하듯 곤장을 쥔 손힘에도 어처구니 하나쯤 달아두어야 했나 봅니다

돌아 나오다 보니 하도 쥐어 맨질맨질해진 어처구
니가 묵직한 맷돌 두 덩이를 이끌고 하오의 볕을 보
드랍게 갈아내고 있었습니다

종합검진

함박눈이 친다

눈밭에 키 큰 눈사람을 세우던 십 대
성인봉 정상에서 코펠에 끓인 눈커피를 마시던 스
물하나
분분 날리며 거처를 잊은 서른
푹푹 발 빠지는 마흔
눈밭에 덮여가는 어깨를 털어본다

방전되는 사지의 감각을 비집고
전신마취 총탄으로 진격해 오는 빼곡한 황사 눈발,
문득 시야가 흐려온다
가장 깊은 밤의 내시경을 파고든다
까무룩 자고 나면
매끄러운 하늘의 맨 피부 만질 수 있을까

살과 뼈가 나란히 음각된 초음파 사진처럼
설원 위에는 누군가 써놓은

'사 랑 한 다'

밥때 잠때 놓친 날 많아
생애 처음 종합검진 받고 돌아오는 길
한낮 캄캄히 터진 틈으로
함박눈이 가로막는다

블루베리 눈동자

밤하늘 뒤적여 캐낸 별 한 자루를
나 그만 산마루에 와락 쏟은 적 있다
감은 속눈썹을 둥글게 치켜 올리는 지구,
능선 한 줄기 뒤척이며 돌아눕는다

달 그리다 해 보았을까
사이 사이 별빛 식어간다
블루, 블루베리 타종을 열고
안과 진료실 문을 민다
한 병원은 수술을 권하고
다른 병원에선 안경 쓰고 지내라는데
아직 상해 버릴 정도는 아니라는 건지
막 상하고 있다는 건지

깜빡, 깜빡 깜빡,
블루베리 눈동자 깜빡이며
까맣게 익어가는 줄 알았는데
해 그리다 달 보았을까

한꺼번에 쏟아버린 알맹이들 속에
눈 밝은 눈동자가 숨어 있다

수증기 자욱한 유리창이 참았다 떨구는
큰 물방울처럼 렌즈를 낄까,
아니 그만 안경을?
블루베리 눈동자 총총 빛을 찍는 진료실
블루, 블루베리 타종을 연다

민머리 까치

이른 아침 상사화 주변에
어른대는 까치 한 마리,
머리부터 목둘레까지 털이 쑥 빠진 민머리였다
검은 눈은 무언가를 찾는 듯 오락가락하였다

느티나무 고목을 지나 대숲을 날아
하루를 떠돌던 산새들은 저물녘이면
느티나무에 들어 왁자하게 통성명을 나누곤 했다
그런 다음 제각기 대숲으로 깃을 모아 들였다
말하자면 새들의 종점인 느티나무 고목은
대숲으로 돌아가기 전에 잠시 날개를 접고
숨 고르는 선술집이거나 커피스낵바

빼곡했던 머리털을 찾으러 왔거나
잔 깃털 같은 기억을 주우러 왔거나
간밤 두고 간 것이 있다는 듯 왼쪽,
오른쪽으로 두리번대는 몸짓은 황망하였다
길 없는 길을 훑으며

민머릴 수그리고 거듭 오가는 종종걸음,

마침내 캄캄한 민머리를 치켜든 까치는
상사화 언저리를 두 바퀴 돌더니
느티나무 우듬지가 쏘아올린 점으로 사라졌다
상사화들은 연분홍 꽃잎을 부비다
한꺼번에 고개를 숙였다

월아천*

모래사막을 건너온 상인들이 명사산에 든다
낙타 발굽이 한참 닳았다
구름 한 장 다친 발목을 쉬는 사이
나도 황급히 등짐 메고 따라 내린다

모래바람 불어도 흐려지지 않는
월아천月牙泉 눈 속에는
속눈썹을 흔들며
바람 한 줄기 웃고 있다 들었는데

월아천 물결치는 눈동자,
폭양에 눌려 허둥댄다
들여다볼 염을 내지 못한다

모래 범벅이 된 옷을 털며
대상들은 제 그림자를 등지고
서둘러 발길 돌린다
낙타풀 가시에 오래 찔린 낙타 혀에도

통각점은 살아 있다지?

오아시스가 흩뿌린
천공의 별자리 한 줄 당겨
소금기 밴 손맛을 본다

월아천 가는 눈이 간간 웃고 있다

* 실크로드의 명사산에 있는 초승달 모양 오아시스

용은별서*를 지나며

두 물줄기 마을로 흘러들다 합쳐지는
월계리 용못 건너다 본다
물뱀 한 마리, 저 혼자 꼬리 흔들며 나아간다

천 년 흐른 바위벽에 '雙磎' '楓嶽' 새겨진 글씨 남
아
'崔孤雲書' 손끝으로 훑으며 따라간다

청룡 되어 굽어보았을까?
사방 물소리,
돌아보면 숲속 드문드문 보랏빛 오동꽃
그늘에 용은별서龍隱別墅 짓고 은거한 최치원,

찔레향이 바람에 실려와 머무는 동안
흙빛 밴 보라 감자꽃은
촌로의 호미질 옆에 내내 피었다
산새도 없는 적막,
흙돌 부딪는 물소리만 귀에 높아

바위벽, 나아갈 데 없는 곳에 서서
마애금석문을 새기는 저녁,

바람에 실린 찔레향만 두 팔 가득하였으리

* 충남 홍성군 장곡면 월계리 용연마을은 최치원이 한동안 은
거했던 곳으로 월계계곡 서쪽 암벽에 그가 새긴 마애금석문이 천
년 세월이 흐른 지금까지 남아 있다.

벽돌공장이 있는 풍경

벽돌공장에서 흙 파는 소리,
땅을 울리며 먼 곳으로 흐른다
한밤 길가에 나서 보면
멀리 굴뚝 주변을 어른어른 오가는 움직임들,
화력에 떠밀린 붉은 벽돌들
촘촘 빛발 깨어난다

부족의 축제처럼 구궁, 궁궁궁궁 울려오는 기계음
배 과수원집 아이는 우물 뿌리까지 내려가는 날이
많아
배어든 물길에 잠겨 잠들곤 했다
장미넝쿨집 담장을 스친 불길
앵두 울타리 벽돌집께로 타올랐다
쿠궁, 기계음이 울리면 그 붉은 길 끝
빛을 끄고 흙잠을 청했다 어느 새벽
벽돌 굽는 소리 길 잃어 아주 멈추었을 때
배 과수원집 아이 혼자 그 소리 되뇌며 뒤척였다
한번 가보고 싶던, 막상 그 마을 들어섰을 때

손 까실하게 일던 싸락싸락 싸그락 눈발,
창틀에 앉지 못하고 어지러이 쓸렸다

심박 느릿한 아이,
우물뿌리로 내려가 엎드려 눕는 날이면 궁궁궁궁
구궁, 벽돌공장 기계음이 얕은 잠 엎으며 따라온다

숲 해설가

휘돌던 매 내린 능선에
나무구름 풀구름 흐른다
바위틈 얼비치는 물빛 건너온 숲 해설가
어깨에 날아와 앉는, 옥색긴꼬리산누에나방

산초나무 나란히 사람들 멈추어 선다
저기, 양팔을 층층이 펼친 건 층층나무구요
이건 누리장나무, 뒷간에 심어 냄새를 중화했지요
잎을 뜯어 냄새 맡아 보세요
산뽕나무 가지에서 머리 들고 돌아보는
구름표범나비 애벌레, 눈앞에 일렁인다

촉지도 읽듯 나뭇결 더듬대며 쓸어보는 사람들,
잎새 건네받은 얼굴에 푸른 수액이 돈다
양평 봉미산이 들어올린 잣나무 사이로
다래 덩굴 타고 내린다
은빛 가지 틈틈 부신 해가
머리 위에서 화선지를 펼친다

바람에 결 다듬은 잎새를 뒤집는 숲으로
호랑지빠귀 푸르르 날아오른다
촘촘히 타래 풀리는 빛,
나무뿌리 밑으로 플러그를 꽂는다

산 아래 굽어보던 자작나무가
비탈 얽어내린 뿌리를 땅껍질 위로 차고 오른다

북향

볕을 등진 집이다

가파른 북향, 사방 창 내어 살았다
북향문 닫아 건 얼음길 쩡쩡해도
붉은 잎으로 살아남은 겨울진달래 줄기,
해의 뒤편이 연분홍 너울 펼치기까지
활활 잎이 꽃인데

샘이 솟는 자리일까?
차오르는 가슴께 견딜 수 없어 트이는
물길 한 줄기를 알고 있다

개울도 강도 샘도 아니던
그 있기도 하고 없기도 하던
자주 끊어지던 물,
장마철엔 길을 삼키며 쏟아지던 길,
대문으로 마당으로
몰아오는 물길은

불어나는 개울로 방향 틀면서도
우묵한 집 마당 측면을 치고 지나갔다

물길 앞세운 나무뿌리 돌덩이,
없는 듯 숨죽여 사는 북향 집으로
해마다 잊지 않고 몰려왔다

연고 한 통

긴 장마 끝나고 들판으로 나갔다 돌아온 후 팔에 얼굴에 동그란 반점 두어 개 떠올랐습니다

인주로 꾹꾹 찍어 누른 듯 온몸 붉게 타오르던 아버지는 병원 처방약을 받고 한 방에 씻은 듯 나았습니다만 정작 증세가 미미하던 나는 어쩐지 동그란 불기운 가라앉히지 못하고 해를 넘기며 병원 전전하고 있었습니다 진물이 딱지가 되어 떨어진 자리에 다시 진물이 흘러내렸습니다 독한 약기운에 누워 있어도 천장 어둑하고 앉아 있어도 눈앞이 캄캄해 왔습니다

입소문 난 약국으로 약을 지으러 갔습니다 약사는 자신이 직접 연구해 만들었다는 연고 한 통을 내어주며 곧 좋아질 거라 했습니다 밧줄 같은, 곧 좋아질 거라는 그 말 한마디와 내가 내통한 걸까요 고약한 질환에 도포할 연고 한 통쯤 세상 어디엔가 숨어 있기 마련인 걸까요 연고를 바르고 사나흘, 거짓말처럼 진물이 멈추었습니다

처처에 바를 신효한 연고 한 통 같은 말들을 찾다

가 문득,

　엷은 주근깨가 잔별처럼 은은하던 얼굴 하나 떠올
랐습니다

4부

그가 듣고 있다

홀드

한밤중 내부순환도로를 달린다 자동차 계기판에 불현듯 떠 있는 붉은 등 'hold'

hold hold hold, 붉은 등을 끌어안고 조마조마하게 내부순환도로를 빠져나간다

다음날 정비업소에 차를 대니 정비사가 'hold' 버튼을 누른다 그냥 가시면 돼요 그만 가 보세요, 정비는 그걸로 끝이라는데

잘못 건드린 하루는 off

겨울방학, 일직

첫눈이 함박눈으로 퍼붓는 하오,
겨울방학이 시작된 교무실로 한 남자가 들어섰습니다

그는 오래전 이 학교에서 퇴직한 은사님의 연락처를 찾으러 왔다고 했습니다 남자의 얼굴에는 삼십여 년 전 선생님이 호명하면 네, 하고 달려가곤 했을 열세 살 소년의 표정이 떠올랐습니다
한참을 망설이던 그는 소망을 적은 쪽지와 명함을 전해 달라는 말을 남기고 교무실을 떠났습니다

함박눈은 더 세게 퍼붓고 있었고 창가에 선 나는 그 남자가 사라져 간 쪽을 오래 바라보았습니다 쪽지와 명함을 쥐고 있던 손이 따뜻해져 오고 있었습니다

유리 아티스트

불구덩이 속으로
그가 쇠막대를 집어넣는다

금을 품고 잠시 녹아
손끝 후욱 부는 숨결로
자리 넓히는 불길,
핀셋으로 끌어내고 있을 때였지
손자국이 다독이던 불덩이
하늘 한끝에서 미끄러져 든 것은

윤나게 닦인 잔으로
한순간 깨어질 수 있다면
쨍그랑 깨어날 수 있다면

그의 손에 올록볼록 찰랑거리다
머리 위에서 색을 뒤엎는
수만 빛 샹들리에,
손자국이 유리잔에 일렁인다

그가 듣고 있다

번개 내리치고 비 흩뿌리는 저녁
미 서부 사막 돌아나오다 만난 편의점 불빛

우리는 햄버거를 주문한다
우리가 자리 잡은 탁자 건너편에서
종업원은 탁자를 닦고 또 닦는다
이 깊은 사막에 편의점이 다 있네,
일행의 말 받아 힐끗 돌아보는 눈빛
쾅, 문 닫고 사라졌다 이내 되돌아 나온다
통로에 놓인 휴지통을 들었다 놓았다
얼굴 마주칠 듯 고개를 창으로 돌린다
다른 직원은 보이지 않는데
계산을 끝내고 우리가 길을 나설 때까지
그는 입을 열지 않는다

드넓은 땅, 그 많은 도시를 두고
어쩌다
황량한 사막에서 무음의 젊음을 닦는지

달리는 차 유리 밖을 제각기 캄캄히 내다보다
동시에 아 맞다
그 사람, 한국인 같아

샛노란 머리 숙인 채로
그가 우리를 듣고 있다

열에 아홉은 회색늑대

덫에 걸린 늑대는
쇳내를 뿜으며 달린대
덫이 떨어져나갈 때까지
달려간대

회색늑대를 기다리는 당신,
배를 밀며 출항하는 스물아홉이거나
숨 넘듯 시동을 거는 서른아홉이라면
지나온 십 년, 다가올 십 년 한데 뭉쳐 달려갈 텐
데
대나무처럼 서랍 많은 마흔아홉이라면
쉰아홉은 빈칸의 쓸모 헤아릴 텐데

회색늑대를 기다리는 당신,
아홉수에 가까워지면
사라지고 없는 다리께가 시려온다
아주 잊은 듯하다가도 몸을 눕히면
한밤 한 뼘 옆에 따라 눕는다

피투성이를 꿰맨 상처이거나
아무래도 아무는 흉터이거나
종내 뭉툭한 뒤꿈치를 내려놓는다

늦대를 놓치고
덫을 놓치고
열에 아홉은 회색늑대를 기다린다
심장을 뚫고 달려나간 가쁜 숨이
아직 생생히 뛰고 있는 동안

사이클로이드 커브* 빗방울

직선, 짧고도 긴 청춘
원, 반지름 맞대어 두 팔 내어준 포옹은 아늑했지
포물선, 우리 사이로 비껴가던 발자국 기억하니?
사이클로이드 커브, 매 순간 도착하는 에움길이었어

탁구공만 한 우박이 내리친
이국 어느 마을의 깨진 유리창과
흠집 난 자동차들을 떠올리다가
우리, 나란히 신호를 기다리고 있었지
직선과 원 사이로
직통을 두고 직통보다 먼저
크게 돌아오는 사이클로이드 커브,

너 서 있는 거지?
벌써 도착한 거지?
잠시 정육면체로 멈춰 선다

각을 향해 나아가다 만난 각을 접어

미끄러지는 평면,
바람에 흔들린 사선의 빗줄기로
곡면의 창 안쪽 두드리는 거다
빗방울 모아 뛰어드는 거다
한 빗방울이 다른 빗방울에게
다른 빗방울이 또 다른 빗방울에게로

왼발의 금과 오른발의 선이 길 내는
진흙 발자국
나란히 흐르고 있었지

*최단강하곡선

그림자 눈에게

길갓집 울타리 없는 정원에
털이 아름다운 개 몇 마리 놀고 있었다
일행이 걸음을 멈추고 잠시 시선을 빼앗겼다
의심하는 개와
을러대는 개들
쉽사리 사랑받으려는 개 사이에서
그 개는 짖지 않고 나무 그늘 뒤로 몸을 숨겼다
소란의 틈을 벌리고
표적을 향해 바닥에 몸을 내렸다
목청을 닫고 그림자를 지우고
반짝이는 두 눈만 곧장 건너왔다
한순간 그는 생각에 잠긴 듯이 보였다
정원 쪽으로 잠깐 시선을 뺏긴 것뿐인데
겹으로 새겨 지나온 생과 곧 지나갈
뒷모습들이 삽시간에 수색당했다
길 저편으로 우리가 돌아설 때
다시금 뛰노는 개들 사이로 천천히
고개 숙이는 그림자의 눈동자가 환했다

움직임 속에 든 속내를 포착하는 습성이
헤아림을 그에게 선물한 것인가
순간, 퇴역 군견인지 모른다!
한번 물면 놓지 않는 파국을
혓바닥으로 지그시 누르는 그에게
나는 불현듯 궁금한 게 있었다
지금 출렁이는 소리 있는가
소리가 빠져나갈 길 있던가
떠나보낸 소리들이 와락
한꺼번에 덤비지는 않던가, 허나
그림자 눈이 내려놓은 올가미 밖으로
일행은 내처 걸음을 옮겨갔다

홀홀 넘어가는 사람

발길 어지러운 출근 시간 종착역에서
낡은 명함첩을 홀홀 넘기는 남자,
누구를 기억해낸 것일까?
페이지 모서리에 문득 얼굴을 긁힌다
누구라구요, 그러니까, 뭐라구요?
휴대전화 버튼을 마구 찍으며 중얼댄다
귀에 익은 음성들이 죄다 아, 하고 억양 낮추는
머릿속 회로가 떠올리고 지워갈 이름들
살아온 햇수보다 많을지 모른다
에스컬레이터를 오르는 남자의 얼굴에
가닥가닥 엉키는 주름,
종착역이 출발역인 전철 플랫폼을 향해
할 수 있고 말고 그럼, 할 수 있고 말고!
개찰구 밖으로 밀려나오는 잰걸음들과 엇갈린다
『세일즈맨십』을 펼쳐 드는 남자를
홀렁홀렁 타고 넘는 사람들,
스크린도어가 열리기 무섭게
좌석에 일사불란 장전된다

이 급행열차 어디 어디 서는 겁니까?
끼어드는 그를 한 여자만 돌아다본다

느리지도 못해 서두르고
서두르다 엎지르는
엎지른 저에게 황망히 돌아가는 속도로
제풀에 튕겨나간 남자를 출입문이 가려준다

가트의 그릇

큰소리 한번 내지 않은 부엌이 있다
부침개를 학 무늬 접시에 얹는다
청잣빛 접시에 송화다식 흑임자를 올린다
잡곡밥을 민무늬 주발에 퍼담는다

접시가
수저가
쟁반이 쏟아진다
샤워기 틀어놓고
커다란 고무 다라이 앞에
욕실 의자 끌어당겨 앉으면
부푸는 거품,

천에 싸인 마른 여인의 시체 한 구가
미로 도시의 골목을 빠져나온다
가트*의 장작더미 길게 타오른다
히말라야 설산에서 흘러내린
갠지스 강물에 둥둥 떠가는

황소의 눈자위가 움푹 패어 있다
수행자가 몸을 씻는다

그리하여 거품 이는
지나간 날 거듭 헹구어낸다
왈그락달그락 어깨 부딪고
등 밀어주며
한꺼번에 얼굴 내민
명절 그릇들이 머리 맞댄다
물기 어린 손등 쓸어내린다
와르르 쏟아진다
첩첩 포개어진다

*Ghat는 '강가에 있는 돌계단'이라는 뜻으로 인도 바라나시 갠지스 강가에 있는 목욕터, 수행터, 화장터 등을 아우르는 의미로 쓰인다.

얼굴 한 장

오늘 그녀는 짐을 꾸렸다
장의차는 대기 중, 시동을 건 지 오래다
이승의 사람들이 따르는 술잔을 받다
떠나기 전에 돌아보는 골목이 TV 화면처럼 꺼진다

경찰은 초여름 새벽 골목길의 단말마를 수집하려
하였다
문을 닫고 잠들었다며 주민들은 고개를 흔들 뿐이
었다
밤새 빗줄기 받아먹은 담장 안의 감나무
후득 후드득, 몸을 털었다

호랑이에 물려죽을 팔자인 게야,
누군가 호상虎喪이라며 혀를 찼다
평범과 평온무사에 길든 스물세 해,
그녀의 사인은 A4용지 한 장에 몇 줄로 정리되었다
십여 차례 얼굴 및 복부 자상으로 인한 과다출혈로
사망,

짤막한 기사가 지역신문 귀퉁이에 실렸다

　막다른 골목 끝에서 가릴 손도 없이 웃는 얼굴 한
장,
　젖은 길바닥에 흘러내리는 것쯤 아무 일도 아니다
　괴로우면 그게 바로 사랑이라고
　상장을 단 사람들 곡소리를 삼키다
　검은 석이버섯처럼 코를 휑 푼다
　영정사진 앞에 세워둔 국화 다발에 얼굴 한 장 가
려진다

　장의차는 고인 빗물을 가르며 지나간다

접힌 자국

까마득하게 오래된 갈피 속 어느 여름,

사정없이 해가 내리쬐는 시장 모퉁이에 고슴도치
어미와 새끼가 광주리에 담긴 채 두 눈 내놓고 있다
굵은 모피 속에 저를 들어앉힌 어미는 호기심 띤 얼
굴이 그늘을 드리우자 곧장 등을 둥글게 말아쥔다

완강한 햇살에 에둘러 섞이는 그늘,

허를 찔린 평화가 시침핀 같은 모피를 잠시 출렁
거리고

밀쳐내는 힘에 떠밀려 자리를 뜬 그 옆 가게,

커다란 플라스틱통 안에는 천지사방 모르고 꿈지
럭대는 구더기가 허여멀건 튀밥처럼 담겨 있다 통 입
구를 향해 기어오르기 시작한 구더기의 몸부림에 기
겁하여 걸음 재촉했던가 그러거나 말거나 동서남북
길 없는 길로 줄기차게 복작거리던 한 무더기 행군
의 어지럼증⋯⋯

갈피갈피 넘어가는 손가락 후르르 건너뛴다

어떤 페이지엔 살갗 베이며

그늘이 슬어놓은 땡볕을 급히 덮은 때 많았다

갈피 귀퉁이, 모로 접힌 평화가

납작 엎드려 잠든 걸 잊은 채로

초록새를 담아오다

선인장 식물원에서
카메라를 바닥에 떨어뜨렸다
꽃핀 선인장에 앉아 비명 한 줄 뿌리는
초록새를 찍은 뒤였다

선인장마저 사라진 피닉스
해는 사막의 늑골을 한창 건너고 있다
길가에 멈춰 서서
석유를 차에 들이붓는다

시속 120마일 서늘한,
한 점 그늘마저 걷어낸
활활 타는 라스베가스 쪽에서
바랜 셔츠를 걸친 중년 사내가
페트 물통을 휘저으며 걸어온다

선인장 꽃잎처럼 불기운 지핀
탕진한 사막 한 채의 얼굴,

속도계가 순식간에 잡아당겼다 토해낸다
미러 뒤편으로 가뭇없이 사라지는 사내,
미완의 얼굴이 눈에 찍혀 남아 있다

사내가 몸 들인 골 깊은 사막에서
렌즈 깨진 카메라에 초록새를 담아왔다

레드우드 숲에서

은사시나무 숲이 건너다보이는 이십오 층 꼭대기
에서 일 층 바닥까지 하루와 백년 사이 잠들기 좋은
유리문 안쪽 깃 터는 새들

북서향으로 기우는 은사시에게 이 겨울도 잘 건
너자, 말 걸곤 했는데 진달래 번진 비탈에 선 은사시
왼 어깨가 완연히 기우뚱했는데 초여름 열어둔 베란
다 안쪽으로 불시에 쳐들어온 외마디, 우지끈

레드우드 숲 입구에는
삼천이백 년 살다 쓰러진
레드우드가 엎드려 있다
대양을 건너온 새도
대륙을 건너간 사람도
레드우드 얕은 뿌리 옆으로 돌아온다
레드우드 밑둥에 난 어지러운 발자국 뒤로
우후죽순 돋는 백년 마을들

서로의 뿌리에 뿌리를 얽어 백 미터 높이로 치솟

는 레드우드는 수직의 모험을 즐기는 종족임이 분명
하다 바다 안개를 젖줄 삼아 족적 없이 태양까지 가
닿으려 했나 천상을 향해 일사불란 뻗어나간 수직이
곁가지 탁, 탁, 잘라 떨어내며 삼천이백 년 날아오른
길 끝에 승천을 내려놓은 레드우드 엎드린다

　바람을 날개에 촘촘히 심은 새는
　날개가 가장 맛있다는 설 있다
　단 한 번 날아본 적 없는 날갯죽지를 고르는 저녁,
　곁가지 단정히 접은 사람은 모두 돌아와 있다

점핑 고양이

어디서 무슨 일 있었구나
마당가에 네 만신창이를 들이던 저녁
절뚝이는 다리, 엉겨 붙은 피
꼬리마저 짤막하구나

야생 고양이들 틈에서
네가 먹을 차례는 늘상 마지막

노인은 다친 너를 현관문 안으로 들여
때마다 먹이고는 밖으로 놓아준다

마당 가로지르는 발등
유난히 희구나
걸음걸이 제법 의젓하구나

창문 너머 반백의 파마머리
두둥실 떠오른다 덜그럭
저녁밥 짓는 소리

기름 냄새 퍼지면

너는 바닥에서 창으로
점핑, 창틀 올라선다
소리 없이
안쪽 들여다본다

시간과 시선의 몽타주

김태선(문학평론가)

  권지현의 시집에서 우리가 자주 만나게 되는 것은 사물들을 응시하는 세심한 시선의 움직임이다. 일반적으로 사물들을 응시하는 일은 그에 관한 앎을 얻기 위한 하나의 움직임이기 마련이다. 사물들을 주체에 맞세움으로써 대상으로 만들고, 그로부터 어떤 유용한 것들을 취하는 일이다. 이렇게 대상이 되어버린 사물은 그 자신의 존재를 온전히 표현하지 못한 채 자신의 일면만을 추상적인 형태로 보이는 데에 그치고 만다. 이러한 바라봄은 결국 사물과의 만남을 차단한 채, 대상이 되어버린 어떤 이미지의 한 측면만 보는 일이 되곤 한다. 그러나 권지현의 시에 나타난 시선의 움직임은 그와는 전혀 다른 모습들을 보여준다. 무엇보다도 시인의 시선이 향하는 사물들은 어떤 대상으로 환원되지 않는다. 즉 주체에 종속된 어떤 객체가 아니라 스스로 자신의 존재를 표현하는 것으로 나타난다.

  사물들이 스스로의 존재를 표현하는 것으로서 나타나는 일은 곧 그들을 응시하는 주체와 동등한 자

격으로서 시에 참여하고 있음을 드러내는 움직임이
기도 하다. 이때 사물들은 어떤 하나의 의미로 고착
되거나 앎으로 환원되지 않고, 끊임없이 자신의 의
미들을 발산하는 존재로서 스스로를 드러낸다. 권지
현 시인이 사물을 응시하는 일은 단순히 그 드러남
을 바라보는 데에 그치지 않고, 그가 건네는 물음에
응답하는 일, 동시에 그 사물에게 물음을 건네는 움
직임을 수행하는 일이기도 하다. 시집의 마지막 자리
에 수록된 시 「점핑 고양이」에서 시인은 어떤 고양이
를 '너'라고 부르며 그에게 건네는 노래를 부른다.

> 어디서 무슨 일 있었구나
> 마당가에 네 만신창이를 들이던 저녁
> 절뚝이는 다리, 엉겨 붙은 피
> 꼬리마저 짤막하구나
>
> —「점핑 고양이」 중에서

이 시에서 시인이 고양이에게 말을 건넨다고 하
여, 고양이를 의인화한다고 보아서는 안 될 것이다.
오히려 시인이 건네는 말의 표현을 살펴보면, 목소리
의 주체는 고양이를 자신과 같은 종류의 것으로 동
일화하려 하지 않는다. 동일화하지 않는다는 건 사

물이 지닌 그 자체의 다름을 헤치려 하지 않는 일이기도 하다. "절뚝이는 다리, 엉겨 붙은 피" 나아가 "꼬리마저 짤막"하게 되어버린 모양새를 하고 나타난 고양이를 바라보면서 시인은 그 고양이가 겪었을 사건을 상상으로 재구성하는 대신 그저 "어디서 무슨 일 있었구나"라며 말을 건넨다. 이는 자신, 혹은 인간이 지니고 있을 기성의 관념이나 인간 중심의 인위적인 상상을 그에게 덧씌우지 않고, 사물이 스스로를 드러내며 전하는 목소리와 만나기 위한 장을 마련하고자 하는 말 건넴이다. 권지현의 시에서 시인의 독특한 상상의 장면이 등장할 때엔, 이처럼 언제나 사물들이 자신을 표현하는 목소리를 듣고 다시 말을 건네는 소통의 움직임이 먼저 이루어진다.

"야생 고양이들 틈에서/네가 먹을 차례는 늘상 마지막"이라는 이어지는 연에서의 표현 역시도 사심 없는 바라봄에 의해 나타나는 '너'의 모습을 말로 옮긴 것이다. 이는 3연에서 노인이 다친 고양이인 '너'를 "때마다 먹이고는 밖으로 놓아준다"고 하는 모습처럼 상처는 보듬어주되 길들이려 하지 않는, 사물의 존재 그 자체와 만나고자 하는 태도이다. 그런데, 이처럼 저마다의 차이를 긍정하는 가운데에서도 시인이 바라보는 '고양이'와 목소리의 주체는 어떤 공동의 것을 형성한다. 이는 시에서 다친 고양이와 그에게 먹이를 주되 가두어두려 하지 않는 노인이 함께 만들어내는 어떤 공동의 움직임과도 같다. 각각의 다름이 모여 소통하는 가운데 이루어내는 공동의 움직임, 그것이 어떠한 것인지에 대해 이야기하기 위해서 우리는 권지현이 노래하는 세계의 모습을 더 살펴볼 필요가 있다.

『작은 발』에는 시인이 사막 지역을 다니며 체험한 일들을 담은 작품들이 여럿 있다. 그 가운데 「피닉스」는 피닉스라는 고장에서 겪은 일에 관한 노래이다. 언젠가 "선인장 꼭대기에 새 두 마리,/부리 맞대고 앉아 있기에 사진 찍어두었다"라는 진술로 시작하는 이 노래는 사진을 찍은 후 시간이 흘러 그 중 하나가 새가 아니라 선인장 열매였음을 알아차린 일을 고백한다. 선인장 열매를 새로 보게 된 일은 일종의 착시에 의한 것이지만, 시인은 그와 같은 경험에서 서로 다른 사물들이 어떤 공통의 것을 형성하는 장면을 생각한다.

해를 향해 날아간 새들
한꺼번에 노을로 돌아와 앉던 그때

숨 고르던 선인장 열매가

새의 형상 빌려 새를 불러들인다

— 「피닉스」 중에서

인용한 곳에서 시인은 '해'와 '새' 그리고 '선인장
열매'가 이루어내는 독특한 생성의 움직임을 노래한
다. 선인장 열매가 새로 보였던 까닭은, 그것이 새의
형상을 모방하여 일종의 착각을 불러일으킨 것이 아
니다. 멀리 떨어진 것들이 서로를 부르는 가운데 그
존재의 움직임에 참여하면서 나타난 변용 때문이다.
새들이 "해를 향해 날아"간 후 "한꺼번에 노을로 돌
아와 앉던" 것처럼 새는 존재론적으로 '해'가 되는
움직임에 참여하고, 또 '선인장 열매'는 "새의 형상
빌려 새를 불러들인다"는 노래처럼 '새'가 되는 움직
임에 참여한다. 그런데 이같이 그 존재에 참여하는
'되기'는 한쪽이 다른 한쪽을 일방적으로 모방하거
나 그에 종속되는 것과는 다른 움직임이다. '되기'의
움직임은 서로의 존재를 변용시키며 각각의 개체가
자신의 한계를 넘어 식별 불가능한 지대에까지 이르
는 존재의 운동이다. 이렇게 '해' 역시도 '새'가 되어
야 하고, '새' 역시도 '선인장 열매'가 되면서 서로가
서로의 존재를 나누는 소통의 움직임이 일어나야 한

다. 그러한 가운데에서 '해'와 '새' 그리고 '선인장 열매'에 관한 기성의 앎과는 전혀 다른, 기성 이미지의 한계를 넘어선 새로운 움직임과 표현이 나타난다. '되기'의 움직임으로써 각각의 개체는 저마다의 한계를 이루는 테두리를 넘어서 서로의 존재에 참여하는 생성의 움직임을 표현하게 된다.

이렇게 시인이 바라보는 사물들은 기성의 이미지나 전범을 재현하는 것들로 등장하는 것이 아니라, 구체적인 장소와 시간 속에서 여러 다양한 만남들이 함께 모여 이루어내는 독특한 '이것'으로서 스스로를 표현한다. 여기서 '만남'이라는 테마가 권지현의 시에서 중요한 동기들 중 하나로 나타난다는 점을 확인할 수 있다. 그런데 만남이라는 표현은 언제나 분리를, 즉 서로 떨어져 있음을 함축한다. 이 시집에 수록된 작품 중에서 시인이 주말 부부로 지내며 가족들과 떨어져 사는 모습을 묘사한 시편이 더러 있다. 가령 「냉동실」에서 시인은 예전에는 "아파트가 비좁던 때도 있었다"고 하지만 이제는 "갓난아기는 친정으로 보내고/신랑은 지방으로 내려가" 그 집이 "텅텅, 빈 냉동실 칸"처럼 여겨지는 상황을 드러낸다. 「느티나무 따라왔네」에서는 떨어져 지내던 남편이 "시골 텃밭에서 틈틈이 키운 풋것들을" 가지고 온 일

화를 전하는데, 그때 딸려온 "작고 여린 느티나무를
화분에" 심으며 다시 함께 모여 사는 삶을 꿈꿔 보
기도 하였다.

자신의 삶에서 체험하게 된 분리와 만남에 관한
사유는 「양말」에 이르러 보다 심화된다. 평범한 일상
속에서 누구나 겪게 되곤 하는 이야기를 통해 시인
은 존재하는 것들의 삶에 담긴 어떤 내밀함으로 우
리를 초대한다.

> 장갑은 왼손 오른손에 맞는 짝이 있지만
> 양말은 왼발 오른발을 구별하지 않는다
> 왼 양말이었다가 오른 양말이 되고
> 오른 양말이었다가 왼 양말이 된다
> 짝이 맞지 않지만 색이 비슷하다 싶으면
> 급할 땐 급한 대로 짝짝이 양말이 되는데
>
> 짝 없는 양말들을 이제는 그만
> 버려야겠다고 마음먹다가 현관 옆 맨 아래 서랍에
> 다시 집어넣는다 세상의 모든 짝은 짝이 있으므로
> 한 짝이 다른 한 짝을 기다리는 시간 속으로
>
> ─「양말」 중에서

세탁이 끝난 양말을 정리할 때에 "짝 없는 양말이 한두 짝" 나오는 일을 우리는 겪곤 한다. 시인은 "제 짝에 맞는 양말이 나올 거라 생각하면서" 그렇게 "현관 옆 맨 아래 서랍에" 한 짝만 남은 양말을 넣어두고는 했다고 전한다. 가끔은 '제 짝에 맞는 양말'을 찾는 경우도 있지만, 더러는 "모조리 꺼낸 짝 양말을 다시 넣으려다 세어보니/열여덟도 스물도 아닌 열아홉 짝"이라는 말처럼 생각했던 숫자와는 다른 숫자와 만나게 되는 일이 일어나기도 한다. 때로 시인은 짝이 나타나지 않아 쓸 수 없게 된 양말들에 다른 용도를 찾아주기도 하지만, "양말은 양말로 신을 때 양말답다는 생각"을 한다. 그리고 이런 생각으로부터 양말의 존재에 관한 사유가 전개된다. 양말은 장갑과 달리 왼쪽과 오른쪽을 구분하지 않아 "왼 양말이었다가 오른 양말이 되"기도 하는 등 그 자신의 정체를 한쪽으로 고정시켜놓지 않는다. 나아가 제 짝이 맞지 않더라도 상황에 따라 다른 짝과 함께 하기도 한다. 이는 스스로를 한 가지 모습으로 얽어매지 않고 서로 다른 환경, 다른 사물들과 만나며 일종의 소통을 하며 서로의 존재를 나누고 있음을 드러낸다.

그럼에도 서로의 말을, 존재를 나눌 짝이 곁에 없

다는 사실은 고통스럽고 슬픈 일이다. 그리하여 시인은 "짝 없는 양말들을 이제는 그만/버려야겠다"는 마음을 먹기도 한다. 양말들로 하여금 기다림의 시간에서 놓아줌으로써 그 고통으로부터 벗어나게 하려는 마음이리라. 그런데 이때 이와 같은 마음은, 앞서 살펴본 「냉동실」과 「느티나무 따라왔네」 등의 시편에서 가족들과 떨어져 지내며 겪었던 것과 같은 외로움의 정서가 제 짝과 떨어져 있는 양말의 상황과 공명하며 이루어낸 것이라 할 수 있겠다. 여기서도 시의 목소리를 내는 이와 양말이 서로를 변용케 하며 양말은 시의 주체가 되고, 또 시의 주체는 양말과 같은 존재가 된다. 그런데 지금의 이 시간이 힘들다고 하여 그로부터 무작정 벗어나 바깥으로, 어떤 너머로 가고자 하는 일은 "피안으로 떠나가도 도피일 수 있다고"(「도피안사 금개구리」)라는 말처럼 현실로부터 도망치는 일에 불과할 것이다.

"세상의 모든 짝은 짝이 있으므로"라는 말처럼, 시인은 지금의 힘든 시간을 이겨 나갈 수 있게 하는 것은 이 세계 안에 있다고, 이 세계 안에서 찾아야 한다고 생각한다. 이제 시인은 양말과 함께 "한 짝이 다른 한 짝을 기다리는 시간 속으로" 들어간다. 이처럼 너머의 세계가 아니라, 자신이 발을 딛고 있는 지

금 여기의 시간 속에서 어떤 바람을 이루고자 그 길
을 찾는 태도는 권지현 시인이 보이는 시작의 한 윤
리이기도 하다. 그런데 "기다리는 시간 속으로"라고
표현된 움직임은 그저 지금 여기의 시간에 머무름을
의미하지 않는다. 시인은 적극적으로 지금 여기의 시
간 속에 충실하면서도 그곳에서 바깥을, 어떤 너머
를 불러들이려 한다. 그리고 이러한 바람은 권지현의
시에서 시간과 공간을 독특하게 다루는 움직임으로
나타난다.

　　　여자가 밤새 숨 몰아쉰다 창밖
　　　단풍나무가 손 흔드는 산부인과 203호실,
　　　태아 심박 감시장치는 쉴 새 없이
　　　심장 박동 그래프를 긋고 있다

　　　푸른 동맥혈처럼 콜로라도 강이 흐르는 그랜드
　　캐니언 협곡
　　　구경하는 사람들 발밑 멀리, 까마귀들이 느린 비
　　행 중이다
　　　기우뚱, 몸을 고쳐 잡으며 누군가 말한다
　　　떨어져 죽은 사람을 파먹어 여기 까마귀는 크다고
　　　　　　　　　—「강물 위로 떠오르다」 중에서

「강물 위로 떠오르다」의 1연과 2연에는 서로 멀리 떨어져 있는 데에다 시간마저도 달리하는 것으로 보이는 두 장소가 각각 제시되어 있다. 한 곳은 출산을 앞둔 여자가 몸을 두고 있는 산부인과의 병실이고, 다른 한 곳은 급류가 흘러 매우 위험해 보이는 그랜드캐니언의 협곡이다. 이렇게 본다면 두 곳은 서로 시간과 공간을 달리할 뿐만 아니라 이야기의 측면에서도 별다른 연관이 없는 것처럼 보인다. 1연과 2연에 제시되는 장면들과 그 이미지들은 각각의 사건을 그리며 독립적으로 다루어지고 있다. 그런데 이러한 것들이 시인의 시선에 의해 교차 배열되면서, 마치 영화의 몽타주가 불러일으키는 작용이 그러하듯, 각각으로 존재할 때에는 나타나지 않았던 정서와 의미가 생성된다. 멀리 떨어져 있는 것들이 서로 공명하고 중첩되면서 독특한 이미지를 만들어가는 것이다. 가령 태아의 심박이 그리는 그래프는 몽타주적인 배열만으로도 "푸른 동맥혈처럼 콜로라도 강이 흐르는 그랜드캐니언 협곡"의 이미지와 겹쳐지면서 어떤 위험을 알리는 신호처럼 나타난다. 마찬가지로 까마귀들의 느린 비행과 "떨어져 죽은 사람을 파먹어 여기 까마귀는 크다고" 하는 누군가의 발언은 출산을 앞둔 산모와 아이에게 죽음이 임박한 게 아닐까 하는 위태로운 정서를 불러일으킨다.

한 생명을 잉태하고 그를 세상 바깥으로 나오도록 하는 일은 "아득한 협곡에 몸을" 던지는 것처럼 위험을 동반하는 일이다. 시에서 표현된 출산의 장면은 "외마디 비명도 없이 호흡을 놓친다/온몸을 휘감는 검은 물풀들,/여자가 급류에 쓸려나간다"라는 말처럼 매우 위험하고 급박한 것이기도 하다. 그런데 이와 같은 위험에 여자가 스스로의 몸을 던질 때 수수께끼 같은 말을 전한다. "여자의 몸이란 껍질이란다 아가야", 일견 이 말은 마치 여자의 몸이 한 생명을 잉태하기 위한 그릇에 불과하다는 의미로 다가온다. 그러나 실상은 그렇지 않다. 여기서 '껍질'이라는 표현을 '경계' 혹은 '한계'의 의미로 새겨야 할 것이다. 시인은 몽타주를 통해 출산의 고통과 죽음의 위험이라는 두 장소의 이미지를 한곳에 중첩시키는데, 이는 실상 그와 같은 극단적인 두 세계의 만남이 이루어지는 곳이 '몸'이라는 사실을 전하려는 것이다. 이처럼 여자의 몸은 이 시에서 한계의 경험이 이루어지는 장소로 나타난다.

탄생과 죽음, 시작과 끝이 만나 함께하는 그곳은 우리에게 알려지지 않은 어떤 너머의 세계가 아니다. 우리가 이 세계 그리고 타자들과 만나는 그곳, 바로 몸이다. 한계에 가닿을 때에야 비로소 한계 너머를 바라볼 수 있는 것처럼, 한 사람이 한 생명을 탄생시키며 그 유한성을 넘어서 무한으로 나아가는 움직임은 바로 몸을 통해 이루어진다. 시인은 우리가 언제나 일상 속에서 함께하는 몸이 그와 같은 한계이며, 한계의 경험이 이루어지는 장소라는 사실을 전하며 유한한 인간이 무한을 향해 열리는 한 움직임을 그려 나간다. 그리고 이 같은 움직임은 시에서 독특한 이미지들의 연쇄로 다시 반복되는데, 1연의 "창밖/단풍나무가 손 흔드는" 이미지가 4연에서 아이의 손에 중첩돼 서로 분리되어 존재했던 것들이 만나는 움직임이 바로 그것이다. 따라서 '몸'과 함께하는 일상을 면밀하게 바라보는 일이 중요하다. 이 세계와 존재의 비밀은 일상의 내밀함에 자신을 숨겨두고 있기 때문이다.

가령 「레드우드 숲에서」와 「시간의 역에서」라는 시에서 시인의 눈은 지금 여기, 그리고 그 구체적인 시공간에 존재하는 사물들을 살피며 그로부터 찰나의 순간과 억겁의 긴 시간이 함께하는 모습을 본다. 그와 같은 시간들은 유한자인 인간이 이를 수 없는 한계 너머의 것들이다. 그러나 시인의 눈은 일상에서 만나는 사물들을 통해 그 먼 것들이 이 삶의 안에

들어와 함께하고 있음을 살핀다. 이때 중요한 것은
그 먼 것들을 지금 여기의 가까움 안에서 끌어안으
려는 노력일 것이다. 이때 서로 멀리 떨어져 있는 것
들이 만나며 각자의 존재를 나누는 소통의 움직임이
이루어지는 시적인 순간이 나타난다. 때문에 시인의
눈은, 일상의 삶에서 만나게 되는 사물들이 표현하
는 존재의 모습을 포착하는 일을 게을리하지 않는
다.

> 흙빛 거름으로 썩은 안쪽,
> 호박씨 새순이 하얗게 모여 있다
> 반투명의 애벌레 한 마리가
> 새순 두어 개를 흔들며
> 귀퉁이에서 기어 나온다
>
> 제 몸 착실히 썩혀
> 새순 덤불 이루고 벌레 키워
> 호박은 자가동력장치를 운행 중이었을까?
>
> 불시착한 우주를 한칼에 가르고 보니
> 겨울밤도 폭신폭신 쪼개진다
>
> > —「우주를 쪼개다」 중에서

「우주를 쪼개다」는 "노랗게 여문 늙은 호박이/거실 귀퉁이에 놓여 있다"는 말로 시작한다. 이 진술은 그 자체로 특별할 것 없어 보이는, 우리가 흔하게 일상에서 마주하곤 하는 풍경을 전한다. 한 사물의 여기 있음이 매우 평범한 외양을 띤 진술로 표현되고 있는 것이다. 그러나 이 평범함 속에 존재의 비밀이 담겨 있다. 그 비밀은 겉으로 드러나는 것이 아니라 스스로를 숨긴 채로 머무르며 평범한 일상의 풍경으로 스스로를 표현한다. 그런데, 표현 그 자체가 이면에 어떤 은닉을 함축하고 있다면, 감추는 것 또한 표현이다. "노랗게 여문 늙은 호박"이라는 평범하면서도 지금 여기 있는 구체적인 사물을 통해 시인은 그 숨겨진 비밀 안으로 들어가게 될 것이다.

"소한 대한 추위 다 보낸 어느 저녁"에 호박죽을 쑤기 위해 시인은 단단한 껍질에 칼을 대어 쪼갠다. "탱탱하고 부드러운 속살이/노릇노릇 익어 있겠지?"라는 생각을 하면서. 그러나 생각했던 것과는 달리 호박의 안쪽은 "흙빛 거름으로" 썩어 있다. 하지만 시인은 뜻밖의 상황에 당황하거나 실망하지 않는다. 오히려 호박의 안쪽이 드러내는 모습 그 자체를 세심한 눈길로 살핀다. 호박의 썩은 안쪽에는 "호박씨 새 순이 하얗게 모여" 있고 "반투명의 애벌레 한 마리가/새순 두어 개를 흔들며 귀퉁이에서 기어 나온다."
그렇다. 호박은 분명 유용성의 관점에서는 썩어서 쓸모없게 되어버린 것으로 생각할 수 있겠지만, 시인은 호박이 스스로의 몸을 통해 표현하는 죽음과 삶의 만남을 바라보며 이를 시의 언어로 옮기고 있는 것이다. 나아가 그와 같은 모습을 보면서 "호박은 자가 동력장치를 운행 중이었을까?" 하는 물음을 던진다. 뜻밖의 만남으로 인해 시인은 물상들이 품은 존재의 비밀을 그들이 표현하는 몸을 통해 배우게 된 것이다. 그리고 이 같은 모습에서 시인은 호박을 "불시착한 우주"로 여기게 된 것일 터이다.

「우주를 쪼개다」는 호박이라는 작은 사물이 우주라는 광대한 질서와 중첩되는 놀라운 장면을 노래하고 있다. 호박은 작은 사물이지만, 자신의 존재를 한계까지 밀어붙여 이르게 된 새로운 생성을 보여주며 거대한 우주의 질서와 움직임을 표현한다. 시인이 이를 "불시착한 우주"라고 부르는 까닭은, 그와 같은 만남이 예견치 않았던 것이기 때문일 터이다. 언제나 이렇듯 만남이라는 건 예기치 않게 일어나는 우연과 같은 것, 그러나 이 우연에는 필연이 함축되어 있다. 권지현의 시에서의 필연적인 움직임, 그것은 일견 단독자로서 떨어져 존재할 수밖에 없는 것으로 보였던 개체들이 실제로는 스스로와 다른 것들과 함께 소통하는 가운데 끊임없이 변화하는 운동에 참여하고 있음을 이른다. 시인의 시선은 지금 여기와 먼 곳의 다른 시간을 몽타주로 직조해내는데, 몽타주가 빚어내는 중첩에 의해 사물들이 스스로를 표현하며 서로의 존재를 나누는 소통의 움직임이 가시적인 이미지를 얻게 된다. 이처럼 시인의 바라봄이 만들어내는 몽타주는 보이지 않는 것으로 머물렀던 존재의 나눔을 감각적인 이미지로 전한다.

> 반은 물에 발 담근 물봉선
> 반은 흙에 발 담근 물봉선
>
> 물 젖은 발로 흙 묻은 발로,
> 산정을 향해 오르고 있다
>
> ─「물봉선」전문

시집의 첫 자리에 놓인 「물봉선」에는 시인의 지향이 간결하면서도 함축적으로 표현되어 있다. 산골짜기의 물가나 습지에 무리지어 자라는 물봉선은 앞서 「강물 위로 떠오르다」에 제시되었던 여자의 '몸'처럼 두 세계를 연결 짓는 경계, 혹은 한계에 자리한

존재자이다. 이 시에서 중요한 움직임은 바로 그 물
봉선이 "물 젖은 발로 흙 묻은 발로" 어느 한곳에만
속하거나 그 한곳만 함께하는 것이 아니라 서로 다
른 두 곳에 동시에 '발 담근' 채 어떤 곳을 향해 나아
가고 있다는 점이다. 이를 삶과 죽음이라는 일견 대
립한 것처럼 보이는 서로 다른 두 세계, 혹은 지금 여
기의 시간과 너머의 먼 시간이라는 다른 두 시공간,
「양말」에서 보았던 '두 짝'으로도 읽을 수도 있을 터
이다.

   이처럼 시인이 바라보는 물봉선의 움직임은 또한
시인 자신이 시를 통해 이루고자 하는 어떤 움직임
을 체현하고 있다. 이를테면 지금 여기의 삶과 너머
의 또 다른 삶이 만나는 모습을 그려가는 가운데 두
세계를 소통케 하고 동시에 서로에게 참여하도록 하
는 시선의 움직임이다. 가령 「가트의 그릇」에서는 명
절의 한 풍경으로 보이는 "큰소리 한번 내지 않은 부
엌"의 움직임과 먼 곳에 떨어진 갠지스 강가의 목욕
터인 가트에서 수행과 장례가 함께 이루어지는 움직
임을 몽타주로 중첩시킴으로써 둘 사이에서 어떤 공
통의 움직임을 바라보는 시선의 움직임이 나타난다.
이들이 보이는 공통의 움직임은 "지나간 날 거듭 헹
구어낸다/왈그락달그락 어깨 부딪고/등 밀어주며/

한꺼번에 얼굴 내민/명절 그릇들이 머리 맞댄다/물기 어린 손등 쓸어내린다"라는 대목처럼 서로의 존재와 지나간 시간을 어루만지려는 마음의 표현이다.

지금이라는 이 시간은 지나간 시간과 도래할 시간, 즉 과거와 미래가 교차하는 동시에 서로 소통하며 이루어지는 과정이다. 우리의 눈앞에 존재하는 사물들, 그리고 우리 자신은 그와 같은 시간의 얽힘 속에서 스스로를 표현하며 살아간다. 권지현 시인이 이 세계에서 만나는 사물들을 세심하게 살펴보는 일은 어쩌면 자신이 가야 할 길을 모색하기 위한 지도 그리기의 여정일지도 모르겠다. 「신도시 개발 구역」과 「시간의 역에서」에서 살필 수 있는 것처럼 우리가 사는 현실 세계에서는 사물들이 표현하는 존재의 진상을 은폐하는 일들이 벌어진다. 때문에 「모른다고 하였다」에서 "마주한 공항 여직원 가슴께 걸린/얼굴 사진이 흐릿하게 지워져 있어/내가 가야 할 길마저 희미해 보였다"라는 말처럼 길을 잃기 쉽다. 그러나 존재하는 것들의 진면목을 바라보기 위해 이 현실을 떠나 너머의 어떤 곳만을 바라보는 일은 그저 도피에 불과하리라. 「사이클로이드 커브 빗방울」에서 시인이 '사이클로이드 커브'의 움직임을 통해 보았던 것처럼, 어쩌면 에움길로 보였던 그 길이 가장 빠르게

도달하는 길일지도 모른다.

시인은 섣불리 너머의 세계를 희구하는 대신, "겨울 담쟁이가 철필 꾹 눌러 대문 여며준다"(「철대문」)와 같이 사물들이 스스로를 표현하는 일상의 현장에서 존재하는 것들이 건네는 목소리에 귀를 기울인다. 또한 「그림자 눈에게」에 쓰인 것처럼 "쉽사리 사랑받으려는 개 사이에서" 그들에게 눈길을 빼앗기지 않고 "나무 그늘 뒤로 몸을" 숨긴 사물로 시선을 보내며 그가 건네는 물음에 자신의 물음을 포갠다. "지금 출렁이는 소리 있는가/소리가 빠져나갈 길 있던가/떠나보낸 소리들이 와락/한꺼번에 덤비지는 않던가"라고. 시인의 시 쓰기는 이와 같은 물음들 속에서 길을 찾기 위한 한 여정이기도 하다.

시인은 시간과 시선의 몽타주를 통해 현실 세계에서 은폐되었던 존재의 움직임에 이르고자 한다. 그 움직임이란 사물들이 스스로를 표현하며 서로의 존재를 나누고 참여하는 일인데, 이는 분리되어 고립된 개체로 존재하는 유한자가 지금 여기의 시간 안에서 타자와 소통하며 함께 무한에 이르는, 모험과도 같은 여정이다. 그렇게 시인이 걷는 길은 고정된 상태로 머무르는 것이 아니라 구름처럼, 그리고 목소리처럼 시시각각 자신의 모습을 지워나가며 표현한다. 때문에 시인은 "유리창에 구름, 그 아래/단정한 침묵"(「단정한 침묵」)에 끊임없이 귀를 기울이며 그와 목소리를 나눈다. 시인의 시 쓰기는 일상에서 만나는 사물들이 스스로를 표현하며 건네는 말에 응답하고, 또다시 물음을 건네는 대화의 과정으로 이루어진다. 그 과정 속에서 시인은 사물들의 목소리를 들으며 삶의 지도를 그려 나가고 있다.

작은 발

2019년 10월 30일 1판 1쇄 펴냄

지은이	권지현
펴낸이	김성규
책임편집	김은경 이계섭
디자인	김동선
펴낸곳	걷는사람
주소	서울 마포구 월드컵로16길 51 서교자이빌 304호
전화	02 323 2602
팩스	02 323 2603
등록	2016년 11월 18일 제25100-2016-000083호

ISBN   979-11-89128-53-1 04810

ISBN   979-11-89128-01-2 (세트)

* 이 책은 2011년과 2012년 한국문화예술위원회에서 차세대예술인력 집중육성지원금(AYAF 1기 및 2기)을 보조받아 발간되었습니다.
* 이 책 내용의 전부 또는 일부를 재사용하려면 반드시 지은이와 출판사의 동의를 얻어야 합니다.
* 잘못된 책은 교환해 드립니다.
* 이 책의 국립중앙도서관 출판시도서목록(CIP)은 서지정보유통지원시스템 홈페이지(http://www.seoji.nl.go.kr)와 국가자료공동목록시스템(http://www.nl.go.kr/kolisnet)에서 이용할 수 있습니다. (CIP제어번호:2019041333)